DIE WILDNIS DES WINTERS

Das Märchen vom Mädchen und dem Eiszapfen

Julina Pril

Die Wildnis des Winters

Das Märchen vom Mädchen
und dem Eiszapfen

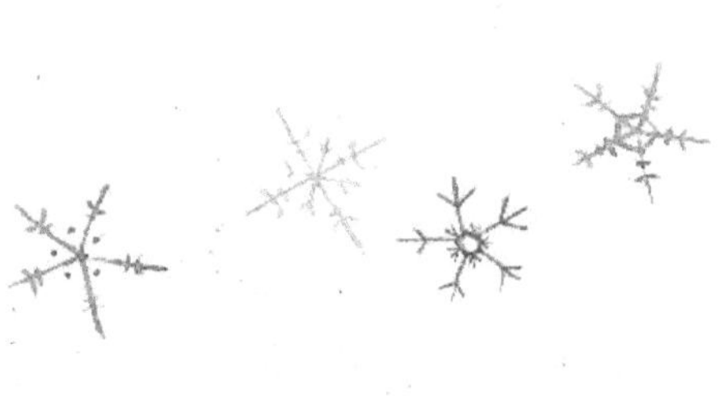

Illustriert von
Lena Franziska Neubert

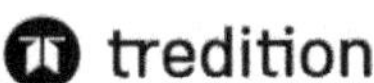

tredition

1. Auflage
© 2023 Julina Pril

Illustrationen: Lena Franziska Neubert
Lektorat: Iris Schlimm-Schenck
Druck und Distribution: tredition GmbH, Heinz-Beusen-Stieg 5, 22926 Ahrensburg

ISBN: 978-3-384-01954-7

Die Verwendung des weiblichen Pronomens für „das Mädchen" in diesem Buch dient der Betonung der Autonomie der Figur.

Für alle singenden Herzen

Es waren einmal ein Junge und ein Mädchen. Der Junge hatte dunkle Augen und große Hände, und er liebte die Arbeit und das Mädchen. Das Mädchen hatte wildes Haar und ein singendes Herz, und es liebte den Jungen.

Die beiden wohnten in einem kleinen Haus am Waldrand, das einfach und gemütlich eingerichtet war. Im Winter, wenn sich das Dach unter den Schneegebirgen bog und vor dem Fenster der Wind fegte, saßen sie um eine dicke, blaue Kerze herum und sangen Lieder vom Sommer und vom Licht.

Am Morgen nach dem Aufwachen erzählten sie sich von ihren Träumen in der Nacht, bevor der Junge aufstand, um dem Mädchen ein Frühstück zu bereiten, obwohl er selbst am Morgen nichts aß.

Am Abend vor dem Einschlafen erzählten sie sich von ihren Träumen am Tag, bevor sich der

Junge umdrehte und das Mädchen ihn in seine Arme schloss. Sie träumten in verschiedenen Welten, doch wenn es einem zu düster wurde, war die andere da, um ihn festzuhalten, und wenn es einer zu kalt wurde, war der andere da, um sie zu wärmen.

Eines Morgens war der Junge sehr unglücklich. Er saß am Fenster und sah hinaus in den Winter, der an diesem Tage besonders dicht und wütend war. Er war aufgestanden, als es noch dunkel war, und die blaue Kerze, die neben ihm auf dem Fensterbrett stand, war ausgegangen von dem eisigen Wind, der durch das Häuschen heulte. Ein dünner Rauchfaden stieg von ihrem Docht auf.

„*Manchmal bin ich mir gar nicht sicher, ob mich irgendjemand auf der Welt eigentlich wirklich liebhat*",

sagte der Junge zu dem Mädchen, als es zu ihm trat, um ihn zu fragen, was er in dieser Nacht geträumt hatte.

„Aber ich habe dich sehr lieb!“, beteuerte das Mädchen bestürzt. Es trug ein hellblaues Nachthemd mit kleinen Wolken. Das Haar war von der Nacht zerzaust.

„Es ist einfach schwierig zu glauben“, sagte der Junge traurig und sah aus dem Fenster.

Sie setzte sich zu ihm.

Eine Weile saßen sie gemeinsam, frierend und klein. Die Luft roch nach Winter und dem Rauch der blauen Kerze. Vor dem Fenster fiel stürmisch der Schnee.

Der Junge tastete mit seinen Händen nach den Streichhölzern unter der Fensterbank und zündete die Kerze wieder an. Das warme Flackern malte unruhige Windporträts auf die Wände.

„Ich werde es dir beweisen“, sagte das Mädchen plötzlich. „Ich will dir beweisen, dass ich dich wirklich liebhabe. Bitte sag mir, was ich tun kann.“

Der Junge lächelte und fühlte sich sehr einsam. Schließlich antwortete er: „Bitte bring mir einen Eiszapfen. Den größten, den du finden kannst.“

Sie aßen gemeinsam ihr Frühstück und dabei schwiegen sie, und nach dem Frühstück suchte das Mädchen die wärmsten Sachen zusammen, die es besaß. Sie zog zwei Pullover über ihr Winterkleid, und darüber ihren Mantel und den Mantel des Jungen. Um den Kopf wickelte sie sich den einzigen Schal, der ihr gehörte, und an den Füßen trug sie zwei Paare Socken in den Stiefeln. Sie hatte keine Handschuhe, und so nahm sie ein drittes Paar Wollsocken um ihre Hände.

Es war ein wilder, wilder Wintertag, und das Mädchen war der erste Mensch, den der Winter in dieser Woche zu sehen bekam.

„Na, wen haben wir denn da?", raunte er erstaunt, als sie hinaus in den eisigen Wind trat.

„Bist du dir deines Ausflugs denn auch wirklich sicher? Ich bin ein wenig wütend heute", warnte er.

Doch das Mädchen zog den Schal nur etwas enger um den Kopf, um den das Schneegestöber emsig zu peitschen versuchte, und nickte dem Winter zu.

„Ich will dich gar nicht stören in deiner Wut", erklärte sie und musste dabei gegen den Wind anschreien. „Du wirst mich kaum bemerken."

Und dann stapfte sie los.

Der Waldrand umschloss das Haus, in dem der Junge und das Mädchen lebten, wie eine schützende Wand. Sobald das Mädchen die Baumgrenze passiert hatte und sich ins Unterholz geschlagen hatte, ließ der Wind nach und sie schüttelte sich den eisigen Schnee vom Schal und den Schultern. Die Luft duftete nach Fichtennadeln und frierendem Holz, und unter den Sohlen der schweren Stiefel knirschte der Schnee rau und munter.

„Also schön", sprach das Mädchen, um sich selbst zu motivieren. „Ich werde den größten Eiszapfen finden, den es in diesem Wald gibt, und ihn nach Hause bringen. Und dann wird der Junge wissen, dass ich ihn liebhabe, und wir können wieder glücklich sein."

Sie murmelte noch einige weitere Zeilen, während sie zwischen den hohen Fichten einen kleinen Abhang emporstieg, und hob dabei die Beine weit an, denn die Sträucher auf dem Boden waren spitz und heimtückisch. Dabei merkte sie nicht, dass sie belauscht wurde.

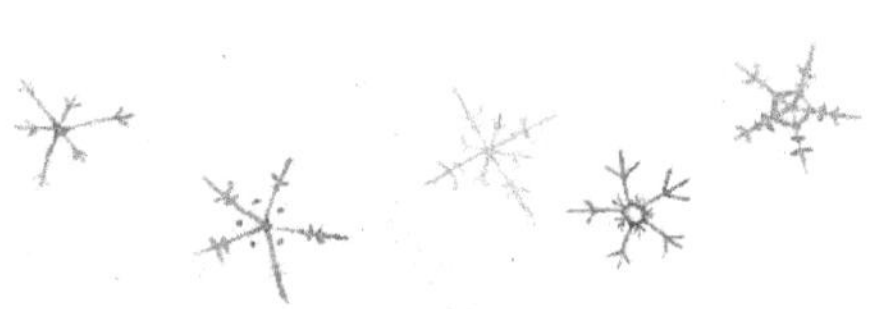

Nach einer halben Stunde Fußmarsch bergauf war das Mädchen in der schweren Winterkleidung bereits ordentlich geschafft, doch immerhin war ihr durch die Anstrengung auch sehr warm geworden. Sie dachte, dass sie sich eine erste kleine Pause nun redlich verdient hätte, und trat auf dem Boden den Schnee ein wenig fest, sodass sie sich daraufsetzen konnte, ohne einzusinken.

Eine Weile war ihr Atem noch laut von der An-strengung, aber als er sich schließlich beruhigt hatte und das Knirschen der Schritte im Schnee mit ihm entschwunden war, kam dem Mädchen der Wald plötzlich sehr, sehr still vor. Sie lauschte einen Moment hinein, ob es nicht vielleicht irgendwo einen flatternden Vogel oder einen hoppelnden Hasen gab, konnte aber keine Bewegung vernehmen.

Gerade wollte sie ein kleines Liedchen anstimmen, um sich selbst bei Laune zu halten, da sprach wie aus dem Nichts eine dunkle, warme Stimme zu ihr.

„Na, du hast dich wohl verlaufen?"

Vor Schreck zuckte das Mädchen kurz zusammen und sah sich hektisch um, konnte aber niemanden entdecken.

„Ich wollte dich nicht beunruhigen. Ich bin doch hier, gleich neben dir."

Und da verstand das Mädchen, dass es der dicke Kastanienbaum war, der neben ihr stand und zu ihr sprach.

„Hier findet sich selten Besuch ein um diese Zeit", sagte die Kastanie und räusperte sich. „Verzeihung, ich habe lange nicht gesprochen. Meine Stimme klingt ja noch ganz belegt."

Sie räusperte sich noch einmal und fuhr dann im Plauderton fort: „Wie läuft's denn so?"

„Oh, bisher nicht schlecht", antwortete das Mädchen treuherzig. „Ich suche einen großen Eiszapfen. Weißt du, wo ich einen finden kann?"

„Einen großen Eiszapfen", wiederholte die Kastanie langsam. „Lass mich kurz nachdenken."

Es verging eine Minute und dann die nächste. Das Mädchen rieb sich die Hände, um sie warm zu halten, und ließ den Blick zwischen den vielen Bäumen umherschweifen, um die Kastanie nicht unter Druck zu setzen. Als allerdings nach der dritten Minute noch immer nichts von ihr gekommen war, nahm das Mädchen seinen Mut zusammen und fragte: „Ist dir vielleicht eingefallen, wo ich hier einen Eiszapfen finden könnte?"

Doch sie bekam keine Antwort – die Kastanie war bereits wieder in ihren tiefen Winterschlaf versunken. Also stand das Mädchen auf, klopfte sich den Schnee vom Po und machte sich auf den Weg, tiefer in den schlummernden Winterwald hinein.

Die nächsten zwei Stunden bemerkte sie nichts Ungewöhnliches, außer dass die Bäume immer dichter zueinander rückten, je tiefer sie in den Wald ging. Die Stämme unmittelbar vor sich konnte sie gut sehen – in ihrer Rinde klebten häufig Schneereste, und die winzigen, feuchten Flocken, die stetig dagegen rieselten, ließen in der Luft etwas erklingen, das fast an ein Plätschern erinnerte. Weiter entfernt standen die Fichten, hoch und dunkel. Beinah sakral muteten ihre breiten, ineinandergreifenden Zweige an, die den Blick in den Himmel verdunkelten und manchmal ganz versperrten. Zwischen ihnen hing ein klebriger Nebel, der dem Wald eine mystische Unendlichkeit verlieh.

„Es sieht gleich aus in jede Richtung", dachte das Mädchen in einigen unsicheren Momenten, doch stellte dann erleichtert fest, dass die Fußspuren im Schnee so tief waren, dass sie in den nächsten Stunden bei diesem zarten Schneefall sicher noch zu sehen sein würden.

„Ich folge einfach meinen eigenen Schritten zurück, sobald ich einen Eiszapfen gefunden habe", nahm sie sich vor.

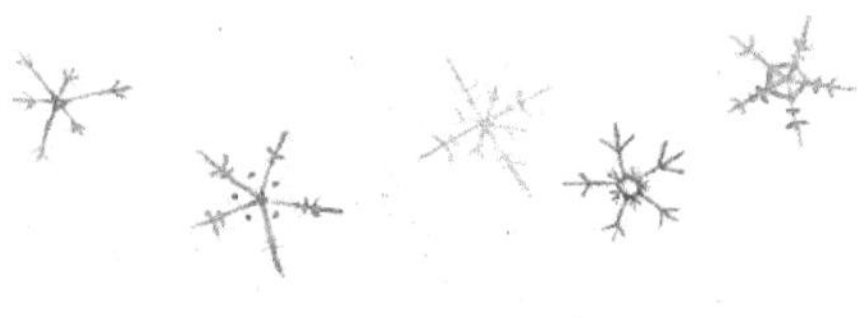

Das Mädchen lief eine weitere Stunde, einmal mitten durch den Nebel hindurch, sodass sie fast nichts sehen konnte und kurz darauf an den eigenen Fußspuren bemerkte, dass sie im Kreis gegangen war, doch dann lichtete sich das Wetter und einige vorsichtige Sonnenstrahlen fielen durch die Baumgipfel.

„Oh, wie herrlich", rief das Mädchen erleichtert. „Jetzt wird die Suche einfacher werden."

Und sie bemerkte voller Freude, dass auch die entfernteren Bäume jetzt besser zu sehen waren. Das kleine bisschen Himmel, das sie über sich erkennen konnte, war von sehr, sehr seichtem Blau.

In diesem Moment ertönte ein Rascheln. Ruckartig drehte sich das Mädchen um und sah aus dem Gebüsch einen großen Hasen auf sich zuspringen.

„Aus dem Weg!", keifte er mit schneidiger, nasaler Stimme.

Sofort trat sie einen Schritt zur Seite. Ohne sie eines Blickes zu würdigen, sprang der Hase in einem großen Satz an ihr vorbei. Sie betrachtete ihn für einen Moment voller Faszination – dann fiel ihr wieder ein, warum sie hergekommen war.

„Herr oder Frau Hase!", rief sie schnell und eilte ihm einige Schritte hinterher, wobei sie im Schnee fast stolperte. Sie sah, wie der Hase seine Löffel drehte, allerdings nicht anhielt.

„Ich suche einen Eiszapfen. Hast du vielleicht einen gesehen?"

Da stoppte der Hase, drehte sich um und hoppelte langsam zu ihr zurück.

„Wat willste denn mit 'nem Eiszapfen?", fragte er unhöflich.

Das Mädchen errötete leicht. „Ich habe jemandem, den ich sehr gernhabe, versprochen, einen zu finden."

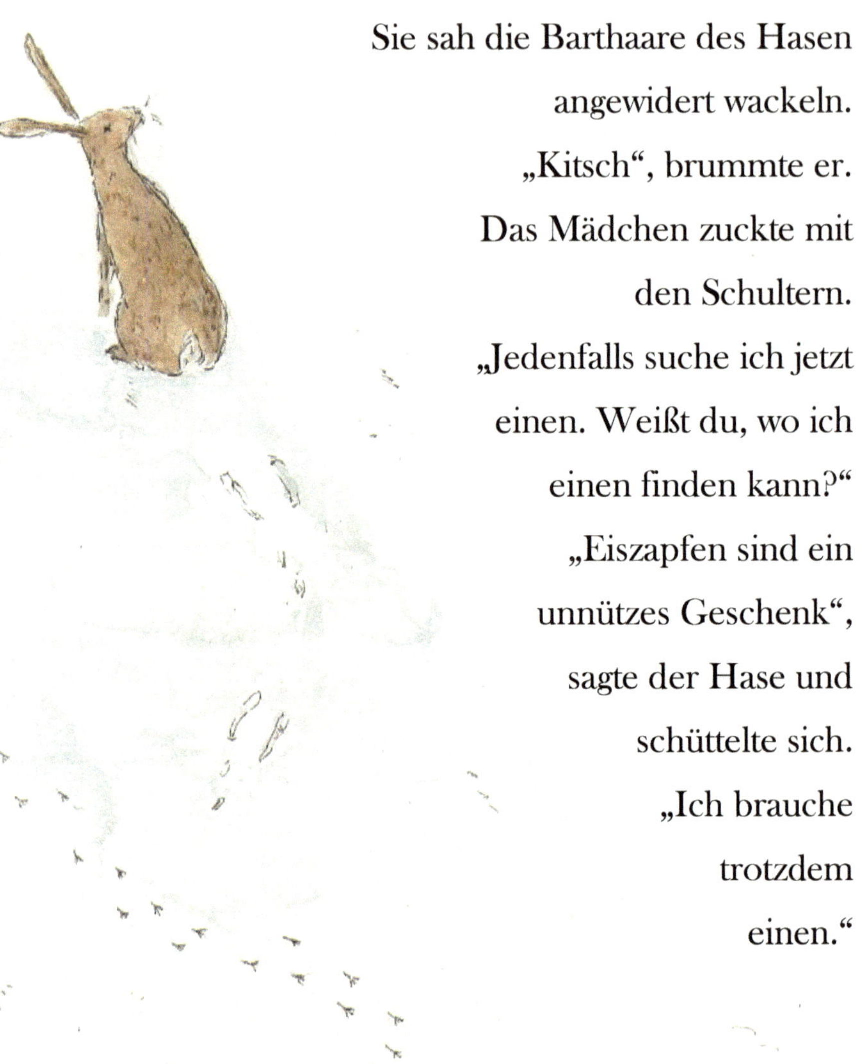

Sie sah die Barthaare des Hasen
angewidert wackeln.
„Kitsch", brummte er.
Das Mädchen zuckte mit
den Schultern.
„Jedenfalls suche ich jetzt
einen. Weißt du, wo ich
einen finden kann?"
„Eiszapfen sind ein
unnützes Geschenk",
sagte der Hase und
schüttelte sich.
„Ich brauche
trotzdem
einen."

„Na schön. Es gibt hier einen kleinen Fluss, er fließt durch den Wald, circa eine halbe Hoppelstunde von hier", überlegte der Hase schließlich und bedachte sie plötzlich mit einem sonderbaren Blick.

„Du kannst nicht hoppeln."

Das Mädchen lachte. „Nein, das kann ich nicht."

„Na, dann wirst du wohl keine halbe Hoppelstunde brauchen, sondern viel länger", mutmaßte der Hase bedrohlich. „Viel, viel länger."

„Ein Fluss also", sagte das Mädchen tapfer. „In welche Richtung?"

„Ich komm grad von da. Du kannst meine Spur zurückverfolgen."

„Was glaubst du, wie lange ich-"

Aber da hatte sich der Hase bereits wieder umgedreht und war mit großen Sprüngen davongezischt.

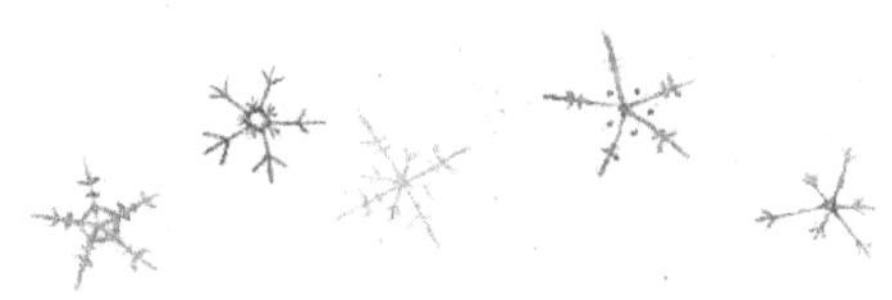

Der Weg des Hasen führte durch viel Gebüsch, und das Mädchen musste oft ein wenig suchen, bis es die Spur wiedergefunden hatte. Außerdem war der Hase keineswegs schnurstracks vom Fluss gekommen, sondern hatte dazwischen weite Bögen geschlagen und Zickzackmuster eingelegt.

Nach einer Weile begann ihr Magen zu grummeln. Sie hatte eindeutig Hunger – und mit dieser Erkenntnis brach auch ein wenig Erschöpfung über sie herein. Sie war lange nicht so weit gelaufen, schon gar nicht durch so tiefen Schnee.

„Ach, hätte ich mir doch nur etwas zu essen mitgenommen", seufzte sie und sah sich um, doch um sie herum standen nur dicht beschneite Bäume, Tannen, die unter den schweren Schneemassen ächzten, und Birken, die wirkten, als hätten sie sehr lange nicht mehr gelacht.

„Weiß irgendjemand, wo ich etwas zu essen herbekomme?", fragte sie unbestimmt in den Wald hinein. Doch niemand antwortete.

Entmutigt kniete sie sich in den Schnee und schob mit den Händen einen kleinen Ball zusammen, um damit zumindest den Durst zu stillen. Über ihr brach eine Amsel aus den Zweigen hervor und schrie.

„Entschuldigung", rief das Mädchen der Amsel entgegen. „Weißt du, wo ich-"

„Ich weiß gar nichts", blaffte die Amsel zurück. „Meine Frau hat mich letzte Woche verlassen. Seitdem ist mir alles egal. Lass mich in Ruhe!"

„Das tut mir sehr leid!", rief das Mädchen.

„Heuchlerin!", schimpfte die Amsel und flatterte davon.

Da dachte das Mädchen an den Jungen, der zuhause in dem kleinen Haus saß und im Licht der blauen Kerze darauf wartete, dass sie zurückkam und ihm einen Eiszapfen brachte. Was war denn eigentlich, wenn es ihr nicht gelingen würde, einen zu finden? Der Gedanke stimmte das Mädchen traurig.

„Das ist doch wirklich eine Gemeinheit", schniefte sie und fühlte sich gleich noch viel trauriger. „Ich gebe mir jeden Tag Mühe, ihm zu zeigen, wie viel er mir bedeutet. Wieso kann er das nicht sehen?"

Und sie weinte einige Minuten – bis sie einen Schatten wahrnahm, der über ihr zum Stehen gekommen war. Sofort hielt sie inne.

„Hallo?", sagte sie zaghaft, ohne den Mut, sich umzudrehen und nachzusehen.

Zu vernehmen war ein rostiges Scheppern, unangenehm laut am Ohr. Vor Schreck kauerte sich das

Mädchen zusammen und legte die Arme über den Kopf.

„Bitte geh weg!“

„Du willst, dass ich gehe?“, antwortete – die Stimme des Jungen, der eigentlich zuhause sitzen musste!

Überrascht wandte das Mädchen den Kopf in die Richtung der Stimme.

Doch vor ihr stand nicht der Junge. Vor ihr stand – in einer sehr rostigen Rüstung – ein schmächtiger, kleiner Ritter.

Das Mädchen und der Ritter sahen sich für einen Moment voller Verdatterung an. Dann musste das Mädchen niesen. In der Stille des Waldes erschien ihr ihr Niesen unnatürlich laut.

„Gesundheit“, sagte der Ritter. Seine Stimme klang wirklich genau wie die des Jungen. Das Mädchen nieste noch einmal.

„Schönheit“, sagte der Ritter.

„Hey!", sagte das Mädchen ärgerlich.

„Entschuldigung." Er sah bedröppelt drein. „Ich dachte, man sagt das so."

„Hm."

Sie dachte bei sich, dass der Ritter doch nicht allzu gefährlich wirkte. Er sah in Wahrheit viel armseliger aus, als sie selbst sich fühlte.

Als hätte der Ritter die Gedanken des Mädchens gelesen, straffte er plötzlich die schmalen Schultern und stellte sich gerade hin. Dabei klapperte die Rüstung bemitleidenswert.

„Ich heiße Memme Ori", sagte er. Er klang so vertraut. Wie der Junge.

„Memme Ori?"

„Ja, hab ich doch gesagt. Hast du auch einen Namen?"

„Ich glaube nicht", sagte das Mädchen.

„Du kannst einen von mir haben", bot der Ritter großzügig an. „Ich habe ja zwei."

Abwehrend hob das Mädchen die Hände. „Das ist sehr freundlich, aber ich brauche gerade keinen Namen.“

„Ach so.“

„Deine Stimme erinnert mich sehr an jemanden.“

„Ja, ich weiß.“

„Kennst du etwa-“

„Nein. Aber ich habe dich weinen gehört und

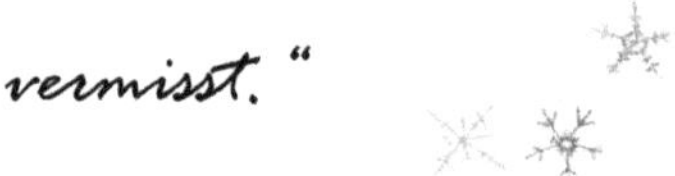

… ich kann nichts dagegen tun, dass ich die Person werde, die mein Gegenüber am meisten vermisst. “

Erstaunt betrachtete das Mädchen den Ritter. Von einem Menschen, der ein anderer Mensch werden konnte, hatte sie noch nie gehört.

„Du bist aber nicht die Person. Du hast nur die Stimme“, sagte sie stirnrunzelnd.

Da begann der Ritter bitterlich zu weinen. Dicke, graue Tränen rollten über seine kalte, rostige Rüstung.

„Ich wollte dich nicht verletzen!", rief das Mädchen bestürzt und legte ihm eine Hand auf die Schulter. Er ließ sie gewähren und schluchzte weiter.

„Nein, du hast ja recht", heulte er. „Es funktioniert alles nicht mehr richtig. Es geht zu Ende mit mir. Ich roste. Vielleicht ist es dir schon aufgefallen."

„So auffällig ist es nicht", log das Mädchen, und beide schwiegen.

„Ich bin gerade auf dem Weg zum Fluss", erklärte sie schließlich. „Wollen wir vielleicht ein Stück gemeinsam gehen?"

Und so folgten sie gemeinsam der Spur des Hasen. In Begleitung des Memme Ori kam es dem Mädchen ganz und gar nicht mehr leise vor. Der Ritter klapperte und schepperte und quietschte bei jedem Schritt, und einmal stolperte er über eine Wurzel, die er nicht gesehen hatte, weil er in seinen eigenen Gedanken verlorengegangen war, und daraufhin stürzte er mit so einem ohrenbetäubenden Lärm, als wäre nicht ein kleiner Ritter in den Schnee gefallen, sondern ein ganzer Schrotthaufen. Für einen kleinen Augenblick hielt das Mädchen sich die Ohren zu. Dann eilte sie zu ihm und half ihm unter Aufopferung aller Mühen und Kräfte auf die Beine.

„Deine Rüstung ist wirklich sehr schwer", stellte sie schockiert fest, als Memme Ori wieder aufrecht stand. „Und warm ist sie doch auch nicht. Dafür aber sehr hinderlich. Wieso ziehst du sie nicht aus?"

„Weil ich dann kein Ritter mehr bin“, sagte der Ritter.

„Aber ich weiß doch, dass du einer bist.“

„Wenn ich keine Rüstung habe, kann ich mir dessen nicht mehr sicher sein. “

Das Mädchen fühlte einen schmerzhaften Stich in der Brustgegend, als der Ritter das sagte, denn er sagte es so unverkennbar mit der Stimme des Jungen, den sie sehr vermisste. Sie war noch nie so viele Stunden ohne ihn gewesen. Und sie dachte daran, dass er sich nicht sicher war, ob ihn jemand liebhatte - dabei hatte ihn das Mädchen wirklich sehr, sehr lieb. Und ihr fiel ein, dass sie nun dringend einen Eiszapfen finden musste, und zwar einen großen. Die Sonne hatte den Zenit bereits überschritten.

Wieder knurrte ihr Magen.

„Du hast ja Hunger", bemerkte der Ritter. „Warum hast du das denn nicht gleich gesagt?"

Er ließ die Hand des Mädchens los und begann sich zu schütteln, sodass das ohrenbetäubende Scheppern sicherlich meilenweit zu hören war. Dabei kniff er die Augen fest zusammen, als müsse er sich sehr konzentrieren, und das Mädchen beobachtete, wie seine rostige Rüstung zu rieseln begann. Doch das, was nun in den Schnee fiel, war kein Rost – es waren dicke, rote Beeren.

Eilig kniete sie sich in den Schnee und begann, die Beeren aufzusammeln. Es waren unzählige. Hungrig stopfte sie sich zwei Beeren auf einmal in den Mund – sie schmeckten voll und süß und so sommerlich, dass ihr von innen ganz warm wurde.

Schon bald hatte sie so viele Beeren gegessen, dass sie vollkommen satt war, und es lagen noch immer so viele im Schnee, dass sie problemlos für eine weitere Mahlzeit gereicht hätten.

„Du kannst zaubern!", sagte das Mädchen beeindruckt.

Sie sah, wie der Ritter unter seinem Visier rot anlief.

„Quatsch mit Soße", sagte er, und das war etwas, was auch der Junge häufig zu sagen pflegte. Da erklärte das Mädchen dem Memme Ori, dass sie nun weitergehen müsse, um einen großen Eiszapfen zu finden.

„Ein Eiszapfen ist ein unnützes Geschenk", sagte der Ritter, ganz ähnlich, wie es schon der Hase vor einigen Stunden kommentiert hatte, doch das Mädchen ignorierte das.

„Es hat mich sehr, sehr gefreut, dich kennenzulernen, lieber Ritter Memme Ori", sagte sie zum

Abschied. „Danke für deine Gesellschaft und für die Beeren. Du bist wirklich ein toller Ritter. Und du bleibst ein toller Ritter, egal wie alt du wirst und ob deine Rüstung rostet. Ich hoffe, wir sehen uns wieder.“

Der Ritter weinte ein paar Rührungstränen, die als glitzernde Perlen im Schnee landeten und dort mit hingebungsvoller Erregung den Kanon in D zu summen begannen.

Das Mädchen drehte sich um und zog weiter, immer der Spur des Hasen folgend, immer tiefer in den Wald hinein.

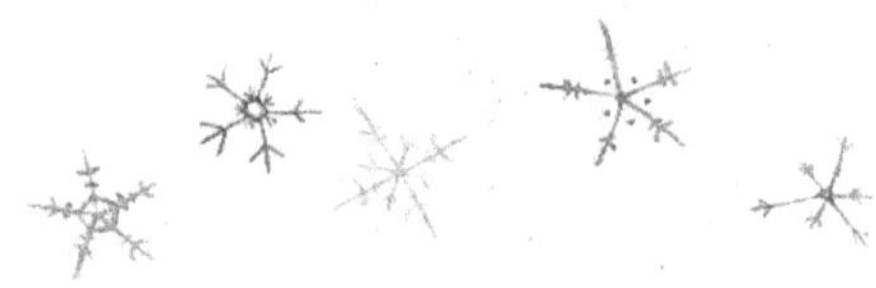

Nach einer weiteren halben Stunde Fußmarsch kam das Mädchen zu einer Lichtung, die voller bemooster kleiner Hügel war. Die Fichtensprösslinge, die hier standen, waren kaum ein oder zwei Jahre alt, und dazwischen lag der Schnee in der Mittagssonne aufgeraut wie ein flauschiges, weißes Fell.

Aus der Ferne entdeckte das Mädchen hier ein kleines Eichhörnchen, das im moosigen Boden nach Nüssen zu graben schien. Sie hätte ihm gern Guten Tag gesagt und gefragt, ob sie richtig war auf dem Weg zum Fluss, da vernahm sie, ganz leise, und auch erst, als sie stehengeblieben war und ihre schweren Schneeschritte es nicht mehr überdecken konnten – ein gleichmäßiges, zartes Plätschern.

„Das muss der Fluss sein!", rief sie voller Erleichterung und stürmte los. Verschreckt sprang das Eichhörnchen nun einen Baumstamm hoch und

quiekte dabei entsetzt, doch das Mädchen hörte es
gar nicht. Es war früher Nachmittag, sie war seit
Stunden durch die nahezu immergleich bleibende
Landschaft gewandert, ihr taten der Rücken und
die Füße in den Schneestiefeln schon weh, aber
endlich, endlich hatte sie den Fluss gefunden, und
dort würde es Eiszapfen geben.

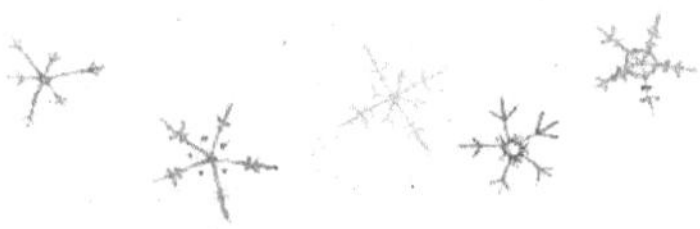

Ihr erster Eindruck war, dass es sich um einen
heiteren Fluss handelte. Er plätscherte, blubberte
und plapperte fröhlich talwärts, als hätte er an der
Quelle eine Menge lustiger Dinge gesehen.

Das Flussbecken war schmal und kurvenreich,
und in ihm lagen viele große und kleine Steine,
manche   feucht   bemoost.   Die   kleinen
Schneeklümpchen, die sich zwischendurch aus

den Zweigen einer ihm übergebeugten Tanne verabschiedeten, stürzten hilflos in den sie willkommen heißenden Fluss, wo sie hinwegschmolzen wie Zucker in einer randgefüllten Teetasse. Er war ein tröstlicher Anblick mit seinen felsigen Kanten und dem stetigen Fließen über ebenjene, als würde es ihm gar nichts ausmachen, dauernd Ecken und bösen Spitzen zu begegnen: Er strömte einfach über sie hinweg – das Mädchen war nicht sicher, ob er sie überhaupt wahrnahm.

Vorsichtig trat sie näher. Kurz vor dem Flussufer wurde der Schnee besonders tief. Sie tat einen unachtsamen Schritt – und schon war sie mit dem linken Bein bis zur Hälfte ihres Oberschenkels eingesunken. Vor Überraschung lachte sie einmal kurz auf – und prompt plätscherte der Fluss lauter.

„Nanu", sagte das Mädchen und lachte erneut. Und der Fluss reagierte mit immer lauterem Plätschern.

Da fühlte das Mädchen plötzlich ein wenig ange-
spannt. Machte der Fluss sich wohl lustig über sie?

„Pst", sagte der Fluss.

„Pst", sagte das Mädchen.

„Psssssssssssssssssssssssssssssssst", sagte der Fluss.

„Psssssssssssssssssssssssssssssssst", sagte das Mädchen.

„PSSSSSSSSSSSSSSSSSSSSSSSSSSSSSSSSSSSSSSS
SSSSSSSSSSSSSSSSSSSSSSSSSSSSSSSSSSSSSSSS
SSSSSSSSSSSSSSSSSSSSSSSSSSSSSSSSSSSSSSSS
SSSSSSSSSSSSSSSSSSSSSSSTTTTTTTTTTTTTTT-
TTTTTTTTTTTTTTTTTTTTTTTTTTTTTTTTTTTTT-
TTTTTTTTTTTTTTTTTTTTTTTT", sagte der
Fluss.

„PSSSSSSSSSSSSSSSSSSSSSSSSSSSSSSSSSSSSSS
SSSSSSSSSSSSSSSSSSSSSSSSSSSSSSSSSS-!", sagte
das Mädchen und keuchte auf. „Puh, so lange kann
ich nicht!"

Und da plätscherte der Fluss lauter als je zuvor, so viel Spaß hatte er.

„Also, was ich eigentlich hier will, ist-", begann das Mädchen, doch ihr Anliegen ging im lauten Geplätscher völlig unter. Der Fluss hörte ihr überhaupt nicht zu!

„Haaaalllo!", rief das Mädchen und wedelte wild mit den Armen herum, damit der Fluss sehen konnte, wie wichtig es war, aber er hörte nicht nur nicht zu, er sah auch nichts. Kein Wunder, dass er die spitzen Steine so rastlos passierte und darauf zu sauste, als hätte er nicht den Hauch einer Angst: Denn wer kein Hindernis sieht, der scheut es auch nicht.

Der Fluss war dermaßen vertieft, dass von ihm nun wirklich keine Hilfe zu erwarten war.

„Was soll's", seufzte das Mädchen und zuckte die Schultern. „Ich bin allein hierhergekommen –

und ich werde auch den Eiszapfen finden, auf den der Junge sicher schon sehnlich wartet."

Sie warf einen sorgenvollen Blick nach oben in den Himmel – er war noch immer stellenweise blau, doch das Sonnenlicht wurde von einer zarten Wolkenschicht verschleiert, die sie ein wenig an zerlaufenen Milchschaum erinnerte. Milchschaum, wie ihn der Junge gern auf seinem Nachmittagskakao trank. Sie war nicht sicher, wie spät es war – aber sicher war es so spät, dass die Tasse mit all dem süßen Milchschaum bereits ausgetrunken an der Spüle stand.

Konzentriert ließ sie ihren Blick am Flussufer entlangschweifen und konnte einige winzige Eiszapfen ausmachen. Wie zarte, glitzernde Gabelspitzen hingen sie vom Moos herab und zerrten stetig daran, aber natürlich hielt es diesen Leichtgewichten mühelos stand.

„Das ist ein Anfang!", frohlockte das Mädchen.

Doch in beide Richtungen war außer diesen Miniaturzapfen kein Eis zu sehen.

„Da muss ich wohl noch ein wenig weiterwandern."

Kurzerhand entschied sie sich, dem brabbelnden Fluss entgegenzugehen und noch ein Stück bergaufwärts zu laufen.

Schon bald kam das Mädchen ins Schwitzen, denn der Schnee war tief und fest und es erforderte eine Menge Anstrengung, sich aus dem Schneeozean, in dem sie immer wieder zu versinken drohte, freizukämpfen. Da war es auch nicht ganz leicht zu ertragen, wie mühelos der Fluss nebenher vorbeischoss und sich kein noch so kleines bisschen für ihre Sorgen interessierte.

Aber mit der Zeit schwamm ein kleines Stöck-
chen und einmal ein gefrorenes rotes Buchenblatt
an ihr vorbei, dessen hauchdünne Eisschicht im
trüber werdenden Nachmittagssonnenlicht feen-
haft glitzerte, und diese Begegnung schenkte ihr
neuen Mut.

hauchte das Buchenblatt, als es das Mädchen passierte. Seine Stimme klang unter der Eisschicht
dumpf, und der Fluss rauschte so laut und

begeistert, dass sich das Mädchen nicht ganz sicher war, ob es sich vielleicht verhört hatte.

Wehmütig dachte sie an den Ritter Memme Ori und fragte sich, was er jetzt wohl machte und was er zu alldem sagen würde. Er konnte nichts dafür, dass er immer die Stimme desjenigen Menschen imitieren musste, den sein Gegenüber am meisten vermisste. Welche Stimme er wohl gegenüber dem Fluss oder dem Buchenblatt angenommen hätte?

„Ach, wenn ich doch nur endlich einen Eiszapfen-", stöhnte das Mädchen, als sie plötzlich, völlig unverhofft – sie hatte kaum mehr damit gerechnet – hinter einer schmalen Kurve des Flusses eine Orgel an glitzernden Eiszapfen entdeckte.

Und da fiel nun alle Sorge für einen kurzen Moment von ihr ab: Sie hatte es geschafft. Sie hatte Eiszapfen gefunden – und nicht nur eine Handvoll, sondern eine ganze Klaviatur.

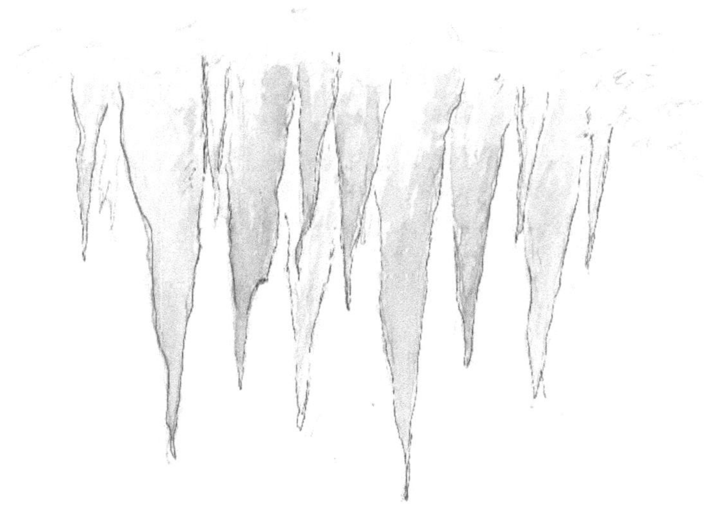

Da waren große und kleine, breite und dünne, Eiszapfen dick wie die Wurzeln einer jungen Platane, andere zerbrechlich wie gläserne Streichhölzer. Manche Eiszapfen waren milchig und von Mustern und Rissen durchzogen, als wären kleine Flugzeuge in ihnen umhergeflogen. Die meisten aber schimmerten vollkommen durchsichtig, ungetrübt, unschuldig, als wären sie in ihrem Leben nicht ein einziges Mal von etwas anderem berührt worden als dem liebevollen Streicheln des Windes.

„Juhu!", rief das Mädchen voll erleichtertem Glück. „Endlich habe ich sie gefunden – die größten Eiszapfen des Waldes!"

Und sie lachte und lachte, und der Fluss plätscherte immer und immer lauter und wirkte allzu vergnügt.

Erst dann ging dem Mädchen auf, dass es gar nicht so leicht sein würde, an die Zapfen heranzukommen. Sie hingen auf der anderen Seite des Ufers – und auch recht tief. Es gab nur zwei Möglichkeiten: Entweder, sie ging durch den Fluss hindurch, um dort das Eis zu ernten – aber das konnte sie nicht tun, dann würde sie es vor Kälte nicht nach Hause schaffen – oder sie musste irgendwie auf die andere Seite gelangen und dann überlegen, wie sie von oben herankommen sollte.

Ihr neu entfachter Tatendrang half ihr, das erste Problem schnell zu lösen: Sie ging noch ein Stück weiter flussaufwärts, bis es zu einem großen gefallenen Baumstamm gelangte, der quer über dem Fluss lag. Probeweise stellte sie einen Fuß auf den Stamm und rutschte ein wenig darauf hin und her: Er war an den Seiten zwar glatt, doch die dünne Schneeschicht auf seiner Oberfläche machte ihn begehbar. Das Mädchen streckte die Arme zu den Seiten hinaus, um eine sichere Balance zu finden, und lief dann, bevor sie es sich anders überlegen konnte, schnurstracks auf die andere Seite. Als sie dort ankam, klopfte ihr das Herz bis zum Hals.

Emsig wanderte sie zurück zu der Stelle, an der die Eiszapfen wie kopfüberhängende Pilze aus der Uferwand geschossen waren. Einmal stolperte sie, weil sie ihren Fuß nicht schnell genug aus dem Schnee gezogen hatte, aber der Schnee, in dem sie landete, war weich und lieblich. Sie meinte, kurz ein leises, dunkles Flüstern vernommen zu haben – aber sie war sich nicht sicher und hatte außerdem andere Pläne, und daher rappelte sie sich schnell auf, dachte kurz daran, wie der Ritter Memme Ori bei solchen Bewegungen gescheppert hätte, und fand schließlich zur gesuchten Uferwand. Die Wand wölbte sich unter ihr leicht nach innen, und sie wusste, dass dort die Zapfen hingen, aber von oben waren sie nicht einmal zu sehen.

„Ich glaube an dich, Kämpferin!", hauchte das gefrorene Buchenblatt in ihrer Erinnerung.

Das Mädchen kaute ein Weilchen auf der Unterlippe herum, unschlüssig, was nun zu tun war. Dann kniete sie sich auf den Boden und beugte den Oberkörper so weit über den Uferrand, wie es ihr möglich war, ohne das Gleichgewicht zu verlieren.

Unter ihr ging es etwa zwei Meter bergab, und dort rauschte der Fluss grob und haltlos entlang. Nichts erinnerte mehr an das sanftmütige Plätschern, dass sie vor kurzer Zeit noch darin gesehen

hatte: Nein, dieser Teil des
Flusses war reißend und
gefährlich, und sie wollte
sich gar nicht ausmalen,
was wohl passieren
würde, wenn sie
hier hinunter-
stürzte. Die Steine
auf dem Flussgrund
schimmerten unter
der Wasser-
oberfläche wie
riesige,
bemooste
Backen-
zähne.

„Herrjemine", sagte das Mädchen und beugte sich noch ein winziges Stückchen weiter über den Abgrund. Sie konnte die Eiszapfen noch immer nicht sehen. Sie war einfach zu klein, und sicher fühlte sie sich in dieser Position auch nicht. Das konnte doch wohl nicht wahr sein! So nah am Ziel, und doch noch so weit von den Eiszapfen entfernt!

Ärgerlich trat sie mit dem Fuß hinter sich – und plötzlich zog ihr der Schmerz ins rechte Bein, denn sie hatte – „Autsch!" – zielsicher die härteste Wurzel des gesamten Waldes getroffen. Es war der neunundzwanzigste Tentakel der Egozentrischen Eiche, die zwar noch gar nicht so alt, aber dafür sehr egozentrisch war und besonders harte und robuste Wurzeln hatte.

„Was trittst du mich, du Pimpf!", erklang es auch sofort. Bei dem Wort *Pimpf* kiekste die Stimme der Egozentrischen Eiche unkontrolliert in die Höhe.

„Ich glaub's ja nicht", sagte das Mädchen belustigt. „Bist du etwa noch im Stimmbruch?"

„Das geht dich gar nichts an!", fauchte die Egozentrische Eiche schnippisch und sprühte dabei harzigen Speichel in Richtung des Mädchens. Überrascht wich dieses der Ladung aus und gab sich Mühe, nicht allzu amüsiert auszusehen.

„Bitte entschuldige. Ich wollte dich nicht treten."

„Pah! Hast du aber. Lächerlich bist du, du hast ja gar keine Wurzeln."

Das Mädchen sah an sich herunter. „Natürlich nicht. Menschen wurzeln nicht."

„*MeNsChEn wUrZeLn NiChT!*", imitierte die Egozentrische Eiche das Mädchen in sehr albernen Ton. „Aber treten tun sie, und hacken und schimpfen und sägen und kreischen und - und - äh - sie -"

„Krakeelen?", half das Mädchen höflich weiter.

„Das Wort kenne ich ni- ... Ich meine, das Wort gibt es nicht!", rief die Egozentrische Eiche empört und runzelte die Rinde. „Diese Diskussion führt zu nichts! Außerdem habe ich auch noch was vor heute Abend – wurde eingeladen – "

Da erkannte das Mädchen, um welche Art von Eiche es sich bei diesem jugendlichen Exemplar handelte. Das brachte sie auf eine Idee.

„Liebe Eiche", sagte sie mit ihrer süßesten und schmeichelhaftesten Stimme. „Ich habe eine Bitte, und ich glaube, dass *nur du* mir dabei helfen kannst, denn niemand in diesem Wald hat so schöne Rinde und so kräftige Wurzeln wie du."

„Du klingst, als seiest du nervös", sagte die Egozentrische Eiche von oben herab. „Das solltest du lassen. Nervosität nimmt einem jeden Sex-Appeal."

„Wie bitte? Oh. Nun – ich bin sicher, niemand im Wald hat davon so viel wie du!"

„Ach wirklich?“

Der Tonfall der Egozentrischen Eiche klang desinteressiert, doch das Mädchen merkte sofort, dass sie angebissen hatte.

„Oh ja“, fügte sie deshalb eilig hinzu. „Auf dem Weg hierher bin ich vielen Bäumen begegnet, die gern so wären wie du-“

„Tja, aber das werden sie niemals sein, denn ...“ Die Egozentrische Eiche legte eine spannungssteigernde Pause ein, bevor sie seufzend fortfuhr:

„Denn mich gibt es nur ein einziges Mal in diesem Wald. “

„Das stimmt wohl. Du bist der majestätischste Baum, den ich jemals gesehen habe. Und deshalb brauche ich sehr dringend deine Hilfe.“

„Meine Hilfe?!“, rief die Eiche alarmiert und die Stimme kiekste ihr nahezu vollkommen davon.

„Bitte", sagte das Mädchen ehrlich verzweifelt. „Du bist die Einzige, die mir helfen kann, weil deine Wurzeln eben genau hier liegen – äh, und weil niemand im Wald so groß und hilfsbereit ist wie du, oder?"

„Naja, das stimmt schon", gab die Egozentrische Eiche zu bedenken.

„Ich brauche deine Hilfe nicht lange", versprach das Mädchen. „Und im Anschluss werde ich allen erzählen, wie tapfer und edel du bist."

Diese Aussicht schien die Egozentrische Eiche nachdenklich zu stimmen. Der Fluss brauste lauter und lauter – und in diesem Moment wurde das Licht über den Baumgipfeln gelb. Die Sonne war müde, der Tag wanderte zielsicher dem Abend entgegen.

„Hör zu", sagte das Mädchen eilig. „Ich werde jetzt meine Füße in deinen Wurzeln einhaken und mich ganz lang machen, um einen Eiszapfen von der Uferwand zu ernten. Ich halte mich nur ganz kurz an deinen Wurzeln fest. Sonst nichts. Dürfte ich das vielleicht tun?“

„Mit deinen dreckigen Schuhen?“, jammerte die Eiche.

„Bitte“, sagte das Mädchen.

„Wirst du sonst allen sagen, dass ich nicht tapfer und edel bin?“

„Ja. Ja! Genau das werde ich ihnen sagen.“

„Das ist eine hundsgemeine Erpressung, du widerlicher Pimpf!“

Beide seufzten.

„Also schön. Dann mach halt.“

„Tausend Dank!“

Und sie tat, was sie angekündigt hatte: Sie hakte sich mit den Schuhen unter den Wurzeln ein. Nun konnte sie über den Abgrund robben, ohne zu fallen. Überrascht brauste der Fluss unter ihr auf.

„Ich glaube an dich, Kämpferin!", hauchte etwas in ihrer Erinnerung – und das Mädchen konnte die Eiszapfen sehen, spitze glitzernde Gabeln, winzige fröhliche Piccoloflöten aus gefrorenem Wasser, Rüssel und Stifte, gläserne Kerzen, erhabene Säulen klarsten Eises.

„Ich beeile mich!", rief sie hoch zu der Egozentrischen Eiche, in Sorge, diese könnte es sich vielleicht anders überlegen.

Und dann machte sie den größten Eiszapfen aus, den sie sehen konnte. Er hing ganz hinten, dicker als ihr Unterarm, und sie streckte und streckte sich – machte sich so lang wie sie nur konnte – dachte ganz fest an den Jungen, dem sie ihn schenken wollte.

Und sie streckte sich noch ein kleines bisschen weiter, machte sich noch ein kleines bisschen länger, dachte noch ein kleines bisschen fester an den Jungen –

Und da hatte sie den Zapfen in der Hand. Glatt und kühl drückte er gegen ihre Handfläche, und sie ruckelte leicht daran, um ihn von der Steindecke zu lösen, aber er bewegte sich keinen Millimeter.

„Er geht nicht los!", rief sie der Egozentrischen Eiche zu und klang dabei sehr gequält, denn es war sehr anstrengend, so gestreckt zu liegen und die Körperspannung in den Beinen unter der Wurzel zu halten. Sie ruckelte mit aller Kraft, doch der Eiszapfen hielt bombenfest.

„Mehr anstrengen!", rief die Egozentrische Eiche wenig hilfreich zurück. „Gewalt löst durchaus manche Probleme. Zum Beispiel bei der Epilation!"

Das Mädchen hörte nicht weiter zu, nahm alle Kraft zusammen, die es noch in den Armen hatte, und stemmte sie gegen den Zapfen – der sich daraufhin aus der Wand löste und ihr aus der Hand rutschte.

„NEIN!!", rief das Mädchen, als es sah, wie der größte Eiszapfen der Flussbiegung zwei Meter in die Tiefe fiel und mit einem klirrenden Geräusch auf einem der gefräßigen Steine erbarmungslos zerbarst. „Das. Kann. Nicht. Wahr. Sein!"

Sie war am Boden zerstört.

„Nimm einen anderen!", riet die Egozentrische Eiche ungeduldig.

„Da sind doch noch ganz viele, und die sind eigentlich genauso schön."

Und es half nichts, es musste wohl so sein. Also langte das Mädchen noch einmal hinunter und ergriff den zweitgrößten Zapfen, und dieser ließ sich leichter lösen, denn er hing an einem Stück Lehm, das ohne große Mühe aus der Wand herausgebrochen werden konnte.

Als das Mädchen sich wieder aufsetzte, in der Hand den zweitgrößten Eiszapfen, den sie je gesehen hatte, stand ihr der Schweiß auf der Stirn.

„Gut gemacht", lobte die Egozentrische Eiche. „Na, wie geht es dir? Ich hoffe, du wirst nun allen erzählen, dass -"

„- du tapfer und edel bist", bekräftigte das Mädchen erschöpft. „Ja, das werde ich. Vielen Dank für deine Hilfe."

„Bis bald!", flötete die Egozentrische Eiche.

Einen Moment blieb das Mädchen noch sitzen. Dann rappelte es sich auf und trat den Rückweg an.

Der Eiszapfen war schwer und unhandlich und das Mädchen hatte einige Schwierigkeiten, eine Position zu finden, in der es ihn gut festhalten konnte. Mal rutschte er, mal taten ihr die Arme weh, und manchmal hatte sie Sorge, er könne ihr zerbrechen. Schließlich legte sie ihn quer über die Schultern in den Nacken und hielt ihn rechts und links mit ihren in den dicken Wollsocken stecken- den Händen fest.

Als sie herausgefunden hatte, wie sie ihn tragen musste, sodass er sicher lag und das Gewicht sich ausbalanciert anfühlte, spürte sie etwas in sich auf- steigen, auf das sie kaum noch zu hoffen gewagt hatte: Sie fühlte Stolz.

Der Eiszapfen, den sie dem Jungen übergeben würde, war zwar nicht der größte Zapfen des Waldes – aber er war der zweitgrößte, und auch der zweitgrößte war herausfordernd groß. Sie hatte ihn ganz allein gefunden und würde ihn ganz allein nach Hause tragen. Und wenn sie vor der Tür stand und ihn in den Händen hielt, würde der Junge sehen, wie lieb sie ihn hatte.

Der Gedanke spendete ihr so viel Kraft, dass sie vergaß, wie schwer ihre Beine inzwischen waren und wie weit der Weg nach Hause. Beflügelt ging sie Meter um Meter, immer ihren eigenen Fußspuren folgend, zurück in die Wildnis des Winters, die ihr jetzt vertraut und zuversichtlich vorkam.

Neben ihr verlief die Spur des Hasen, die ihr den Weg gezeigt hatte, und schließlich kam sie zu einer Stelle, an der wie Sommersprossen im Schnee unzählige dicke rote Beeren lagen. Und inmitten dieses Feldes, in dem sie vor vielen Stunden einen neuen Freund gefunden hatte, wartete geduldig die Dämmerung.

„Schon eine Zeit verweil' ich hier
Und wart', dass du erscheinest mir",

sagte die Dämmerung mit samtiger Stimme, als das Mädchen zwischen zwei dicht verschneiten Tannen hervortrat und sie überrascht anlächelte.

„Nicht länger bleiben sollte man
Als wann die Nacht hereinbricht dann.
Verschwören Nacht und Winter sich
Wirst du nach Hause finden nicht."

„Sprichst du immer in Reimen?", fragte das Mädchen die Dämmerung.

„Die Poesie meine Natur,

Drum spreche ich in Reimen nur.

Und sollte was die Dichtung stören

Du würdest doch nur Dichtung hören.

Allzeit ist es schon so gewesen:

Die Poesie der Dämm'rung Wesen."

„Das ist schön", sagte das Mädchen berührt.

„Schön ist's gewiss, doch auch gefährlich

Denn Dichtung ist nicht immer ehrlich.

Stellst du mir ganz brutale Fragen

So würd' ich doch nur Schönes sagen.

Das ist, was mich belasten tut –

Denn alles, was ich sag', klingt gut!"

„Ich finde es nett, dass du mich nach Hause begleiten willst, bevor die Nacht hereinbricht", sagte das Mädchen offenherzig. „Im Wald wird die Nacht sicher düster.“

„Lass uns lieber gehen, bevor ich mich entscheide, hier zu bleiben und mein Herz zu spüren!“, sagte das Mädchen zwinkernd, doch die Dämmerung lachte nicht.

Das Mädchen nahm die Dämmerung bei der Hand. Gemeinsam stapften sie weiter durch den Wald. Auf den ersten Schritten hinterließen sie rote Spuren von all den Beeren, die in den Sohlen ihrer Schuhe klebten.

„Wer macht da so 'nen Lärm?!“, krähte es über ihnen.

Die Dämmerung sah verwundert auf, und das
Mädchen erklärte: „Das ist die arme, liebe Amsel.
Sie wurde letzte Woche von ihrer Frau verlassen.
Seitdem ist ihr alles egal.“

„Wie Liebe brennt der Schmerz – fast gleich –
Drum wir verwechseln sie so leicht ...“

„Pah!“, rief die Amsel und schrie leidvoll.
„Mich kann niemand verstehen!“

„Manchmal muss man sich nicht verstehen

Dennoch kann man gemeinsam gehen",

überlegte die Dämmerung.

„Komm, schließ dich uns ein Weilchen an,

Da Einsamkeit nicht trösten kann!

Wie nur ein Dach sie schützet dich

Doch auch die Sonne siehst du nicht.

Sie mag dir sicher wohl erscheinen

Doch hörst du in ihr auf zu weinen?"

„Neunmalkluge besserwisserische hochnäsige Kackpoetin!", fauchte die Amsel – aber sie kam heruntergeflattert und landete neben dem Mädchen und der Dämmerung.

„Also schön. Ein kurzes Stück kann ich euch

vielleicht begleiten. "

„Sehr gut!", sagte das Mädchen erfreut.

Und sie stapften weiter.

„Es tut mir wirklich leid, dass deine Frau dich verlassen hat."

„Sie hatte keinen Geschmack", brummte die Amsel. „Wieso hast du eigentlich diesen fetten Eiszapfen dabei?"

„Er ist ein Geschenk für jemanden, den ich sehr gernhabe."

„Ein Eiszapfen ist ein unnützes Geschenk."

„Es ist ja auch nicht für dich."

In diesem Moment ertönte ein kleines Klingen, zart wie eine rollende Glasperle, leicht wie der Wind im Frühling, und dieses Klingen hatte eine innere Kraft, eine fordernde Präsenz, die alle drei innehalten und sich umschauen ließ, bis sie herausgefunden hatten, was diesen lieblichen Ton erzeugt hatte: Es war der erste Stern, der über ihnen erschienen war, schwimmend in einem Ozean tiefen Violetts.

Das Mädchen überkam eine tiefgreifende Empfindung angesichts dieser sichtbaren Unendlichkeit, und sie spürte in ihrer Brust eine Art Abschied von etwas, das sie nicht genau beschreiben konnte. Sie fragte sich kurz, ob sie traurig war. Da war definitiv etwas Trauriges in ihr – aber auch eine melancholische Wärme, und eine große Zuneigung für die Welt um sie herum.

Kling! Und der nächste Stern erschien am Himmel, weniger leuchtend als der erste, aber mindestens genauso schön.

Kling! Und da war der dritte.

Wie bezaubert lief das Mädchen weiter, den Eiszapfen schwer auf den Schultern tragend, und sie lief wie von selbst, angeschoben von der Vorfreude auf den Jungen und der tiefen Dankbarkeit dafür, dass sie es geschafft hatte, ihrer Aufgabe nachzukommen.

Die Sterne am Himmel über ihr spielten ihr eine süße, feenhafte Melodie, hüpfende, weiche Marimbaklänge, und in all dieser märchenhaften, antreibenden Kulisse, umgeben von schwerem Schnee auf schwarzen Tannen, getragen von den Stiefeln, in deren Sohlen rote Beeren klebten, merkte sie nicht, wie die Amsel zurückblieb, um sich ein wenig um sich selbst zu kümmern, und wie die Dämmerung sich verabschiedete, weil es zu spät geworden war für ihre Dichtung.

Und in dem Moment, in dem die Nacht hereinbrach, trat das Mädchen aus der dunklen Schattenwand des Waldes hervor, hinaus auf das

Schneefeld, in dessen Mitte das kleine Häuschen stand, in dem der Junge sicher voller Sehnsucht auf sie wartete, und vor lauter Freude und Rührung blieb sie kurz stehen und betrachtete ihr Zuhause. Die Fenster des Häuschens waren erleuchtet, aus dem Schornstein stieg warmer, silbriger Rauch auf, und sicher brannte irgendwo die blaue Kerze.

„Ich bin da", flüsterte das Mädchen bewegt. „Und ich habe einen Eiszapfen mitgebracht."

Und da konnte sie sich nicht mehr halten: Sie rannte los, so eilig wie noch nie zuvor in ihrem jungen Leben, sie rannte so schnell sie konnte, gradlinig auf das Haus zu, stolperte durch den Schnee, rappelte sich auf, hielt den Eiszapfen fest umklammert.

„Ich bringe dich nach Hause", keuchte sie, und plötzlich liefen ihr die Tränen übers Gesicht. „Ich bin da, ich habe es geschafft, und ich habe dich mitgebracht!"

Und sie hielt den Blick auf das Häuschen gerichtet, rannte der Tür entgegen, durch die sie treten und dem Jungen in die Arme fallen würde, und vor ihr lagen nur noch wenige Meter –

Da trat ihr mit einem großen Schritt der Winter in den Weg.

Schnee peitschte ihr ins Gesicht, böse, feine Nadelstiche, und der Wind fuhr ihr in die Kleidung und durch das Skelett.

„He!", rief sie empört und blieb atemlos stehen. „Was soll das?"

„Ich habe dich doch gewarnt, dass ich wütend bin!", bebte der Winter und eine Schneebö baute sich vor dem Mädchen auf wie eine Wand. „Den ganzen Tag ist dein kleiner Freund hier rumgerannt auf der Suche nach dir. Wo zum Teufel warst du denn?“

Seine Stimme klang scharf und vorwurfsvoll.

„Aber ich habe einen Eiszapfen für ihn gesucht!“,
rief das Mädchen entsetzt.
„Ein Eiszapfen ist ein unnützes Geschenk“,
donnerte der Winter. „Und jetzt verschwinde,
denn *du störst!*“

Das ließ sich das Mädchen nicht zweimal sagen. Sie holte tief Luft und stürmte in die Schneebö hinein, kniff die Augen zusammen, damit ihr der Schnee nicht ins Gesicht schlug, und kämpfte sich durch die Mauer aus wildem Frost und eisiger Grobheit –

Und da stolperte sie wieder, und der Eiszapfen segelte ihr aus der Hand.

„NEIN!", schrie sie verzweifelt, als der Eiszapfen im undurchdringlichen Weiß verschwand. Sie wusste nicht, wo Vorne und Hinten war; war nicht sicher, ob der Zapfen im Boden versunken oder durch die Luft davongeflogen war –

„NEIN! NEIN!"

Und sie warf sich hin, tastete in alle Richtungen, grub in die Luft und durchkämmte den hart gefrorenen Schnee, befühlte jedes Ende des Weiß, suchte an jeder Stelle, die sie berühren konnte – doch sie fand nichts.

Und da sank sie in sich zusammen, wohlwissend, dass sie nicht nach Hause kommen würde, wenn sie jetzt nicht aufstand, wohlwissend, dass der Winter sie genau beobachtete; wild in seinem Zorn.

Sie kämpfte und wusste nicht, ob sie lag oder stand, sie wusste nicht, wohin sie konnte und was ihr bevorstand –

Bis die Nacht, plötzlich still geworden, von einem schmalen Flackern durchschnitten wurde.

„Du bist es!", sagte eine vertraute Stimme hinter dem gleißenden Licht einer kleinen Fackel.

„Memme Ori?", fragte das Mädchen tonlos, die Arme über dem Kopf.

„Was?", fragte die Stimme.

Es war der Junge.

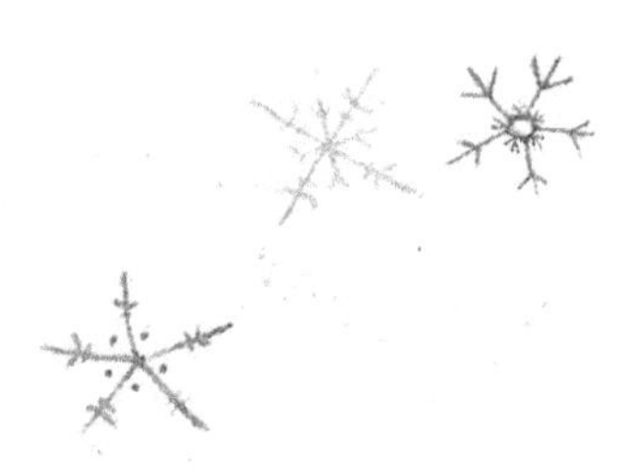

„Geht es dir gut?"

Besorgt nahm er sie an den Händen und zog sie auf die Beine. „Komm, komm."

Und sie verschränkten die Finger ineinander und gingen gemeinsam durch den Winter, die letzten Meter bis zu ihrem Haus.

Auf dem Abendbrottisch stand die blaue Kerze, sie war fast vollkommen heruntergebrannt.

Das Haus duftete nach Kamin, Gutenachttee und Fürsorge.

„Oh, wie ich dich vermisst habe", sagte der Junge voller Traurigkeit und schloss das Mädchen in seine Arme.

„Es war furchtbar und einsam und kalt ohne dich.

Warum hast du mich so allein zurückge-lassen?"

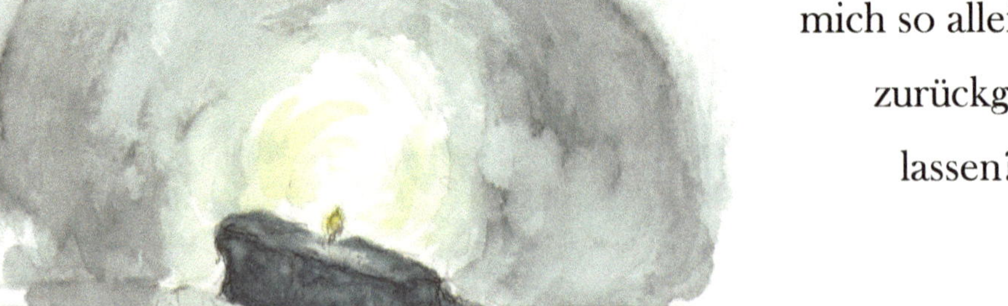

Das Mädchen befreite sich aus seinen Armen, die Wangen feuerrot vom langen Tag in der Kälte.

„Wie meinst du das? Ich bin doch nur losgegangen, um dir einen Eiszapfen zu bringen! Damit du sehen kannst, dass ich dich liebhabe.“

Der Junge machte große Augen – und dann wanderte sein Blick an ihr herunter.

Herunter in ihre Hände.

Herunter in ihre Hände, die vollkommen leer waren.

„Aber“, sagte er tonlos, und sein Blick wurde ganz trüb.

„Aber du hast mir keinen Eiszapfen gebracht.“

ENDE

Zwischen den Zeilen

Julina Pril, geb. 2002, ist Studentin und Künstlerin in Bamberg und Duisburg. Auf ihrem YouTube-Kanal bloggt sie über Literatur und Achtsamkeit.

Zur Veröffentlichung meines Märchens bedanke ich mich in Liebe bei ...

Lena, deren Illustrationen die ersten Bilder waren, die mich im Leben zu Tränen gerührt haben

Meinen Eltern, dass sie mir eine Welt geschenkt haben, in der ich mich verwirklichen kann

Meinen Großeltern, für die mein Schreiben immer aufregend war

Iris für das anregende und liebevolle Lektorat

Meinem Bruder Jonathan, dem ich als Kind all meine Geschichten immer wieder vorlesen durfte

Meinen kreativen Partnern *Vicky* und *Alex* sowie *Gluphy* für all das Gluten

Meiner Cousine Toni, die mir vorlebt, dass es möglich ist, in einer Welt der Worte zu leben

Karl für den Winter und den Hinweis, dass ein gutes Märchen einfach einen Ritter braucht

Farzam, der in meinen Händen niemals Leere sehen wird

Hinter den Bildern

Lena Franziska Neubert, geb. 2002, aus Fürth. Studiert in Greifswald Landschaftsökologie und Naturschutz und ist immer in Begleitung eines kleinen Aquarellkastens und vieler Kunstideen.

Mit diesem Buch geht für mich ein Wunsch in Erfüllung, den ich schon einige Zeit bei mir getragen habe.

Dafür möchte ich mich herzlich bei allen Menschen, Orten und Momenten bedanken, die auf ihre Weise Teil davon geworden sind. Besonders bei ...

Juli, die mir ihr Märchen anvertraute, um ihm Farbe schenken zu dürfen – und die ein Mensch voller Inspiration, wunderbarerer Worte und Tatenkraft ist

Sigrid, Christoph und Paul, die alle so unterschiedlich sind, dass sie immer einen Rat wissen

Einer ganzen Menge lieber Menschen, die mit ihrer Freude über meine Bilder die Fähigkeit haben, Zweifel verschwinden zu lassen

Bamberg als Ort, an dem Juli und ich uns getroffen haben und alles auf einer kleinen Geburtstagsfeier seinen Anfang hatte. Und das immer einer meiner Wohlfühlorte bleiben wird

Für kleine & große künstlerische Projekte, Gedanken und Fragen schreibt gern an *illustation@lena-neubert.de*